글나무 시선 03

변명

글나무 시선 03

변명

저　자 | 고종목
발행자 | 오혜정
펴낸곳 | 글나무
주　소 | 서울시 은평구 진관2로 12, 912호(메이플카운티2차)
전　화 | 02)2272-6006
등　록 | 1988년 9월 9일(제301-1988-095)

2023년 8월 10일 초판 인쇄 · 발행

ISBN 979-11-87716-82-2 03810

값 10,000원

변명

고종목 시집

내가 저문다
시
이삭을 주웠다
결국
내가 나를 쓰고
쓰여진
변명

차례

시인의 말 — 5
해설 | 그리움을 깁다 / 황정산 — 106

제1부

지느러미 조각 — 13
'詩' 그대는 안녕하신가? — 14
DNA — 15
달빛이 그린 누드 — 16
가을 남자 — 17
얼굴 — 18
고종목 식, 조각보 식 — 19
아름다운 가시로 그대를 — 20
낙과 & 낙관 — 21
시 강의 — 22
한 번쯤 바꿔 봐 — 23
시인은? — 24

제2부

잡동사니 — 27

그 나라가 그 나라 — 28

낙엽이 전하는 말 — 29

변명 아닌 변명 — 30

바늘꽃 — 31

바늘이 길을 연다 — 32

오징어 게임 — 33

한 조각 이루었다 — 34

찰각, 그 느낌을 — 35

내가 흐르네 — 36

죄의 손 — 37

… 인 양 — 38

고삐 없는 시 — 39

섬 꽃 — 40

차례

제3부

리셋한다 — 43

소리 — 44

쌈지 속의 바늘 친구 — 45

바로 저것 — 46

너도 그도 저도 나도 — 47

영원한 불꽃 — 48

고추가 싱글벙글 — 49

코스모스 — 50

길은 끝나지 않는다 — 51

땅끝 마을로 가는 길 — 52

약속 — 53

사람 냄새가 그리운 날 — 54

산나물 타령 — 56

마침표를 찍다 — 57

Clothes Without Pockets — 58

주머니 없는 옷 — 59

제4부

아라리 바람개비 — 63

제5부 산문

해체와 통합 — 73

옷은 제2의 피부 — 76

제6부 편지글

편지(便紙) — 79

1부

지느러미 조각

조각에 지느러미를 단다
지느러미는 조각의 고독한 그리움이다
날개를 달고 마음껏 헤엄쳐
먼 하늘을 가르고 나아가
지느러미의 시원에 닿고 싶은 꿈을 낚는 것
조각은 그 꿈을 조각보에 꼭꼭 싸 감추고 싶지만
숨소리까지 숨길 수 없어 파도와 싸운다
그 두려움을 노래해도 고독을 지울 수가 없다
섬 조각은 기다림에 지치고 젖어
철썩 – 처어얼썩 —
지느러미가 빈 섬을 노래한다

'詩' 그대는 안녕하신가?

한때는 시가 영원히 반짝이는 하늘에 별로 보였다
날이면 날마다 쏟아져 나와 범람하는 시로
시 그대여 안녕하신가
손에 잡힐 듯하던 하늘에 별은
고개를 저으며 슬그머니 돌아서 등을 보였다
누구의 시인지도 모르는
있어도 없어도 그만인
이름도 얼굴도 모르는 시?

나인가? 너인가? 아니면
폐지 더미에 버려져 재활용 수거지로 실려 가는 시
이래도 시를 계속 써야 되는가?
모든 시가 시를 버려도
나는 나를 버릴 수 없듯이
차마 버리지 못한
주눅 들지 않고
누가 뭐라 해도 당당한 벌거숭이
시 그대여 안녕하시라

DNA

바늘에 경고등이 깜박거린다

　위기 때엔 버릇처럼 손에 바늘을 쥔다 긴장된 더듬이 끝으로
조각보의 혈관을 찔러 긴급 처방으로 벽을 날아오를 푸른 날개
를 단다 벽 속에 갇힌 물고기 눈 새가슴 꽃의 심장 떨림을 잡으
려 손에 신경줄 꼬아 바늘에 샅바를 건다 샅바 끈 바짝 틀어잡
고 불끈 힘을 준다 다리걸기 들배지기로 씨름을 한다 벽 밖은
조류독감 걸린 닭오리 DNA가 무너지고 벽 속은 시의 DNA를

　ㅆㅏㅎㄱㅗㅎㅓ ㅁㅏㄴㄷㅏ
　또 하나 마음의 벽 ↑↑↑ 날아오른다

달빛이 그린 누드

달빛 창가
2월
찬 바람을 뚫고 피어나
비스듬히 누운
매화꽃 누드
낙관이 뜨겁다

가을 남자

초대받은 가을이 피어난다
그리움 한 송이 피어난다
기다림 한 송이 피어난다
무릎 사이 굽이치는 피멍 든 고독이
피어난다 송이 송이
문득 만나고 싶어지는 향기 품은 가을 남자

국화

얼굴

바느질로 쓴 역사를 펼친다
낯익은 글씨 낯익은 얼굴 낯선 얼굴
막상 조각을 이어 붙이고 나서는 실망이다
한 조각도 읽지 못한다
땀방울 조각 눈물 조각 고달픈 조각
눈앞을 가로막고 있기 때문이다
이미 다 읽은 얼굴
본 듯 못 본 듯 낯선 얼굴이
나보다 먼저 들어와 있다
한평생 밤낮으로 찾아 헤맨
우는 것 같기도 웃는 것 같기도 성난 것 같기도
반백머리에 바보라고 이마에 새겨진
초라한 그 모습이 바로 내 얼굴이라니?

고종목 식, 조각보 식

조각은 작은 우주이다
세상에 단 하나뿐인 조각
나의 생을 걸고 좇고 있는 조각
그 조각은 세상이 말하는 사랑이다
나누면 나눌수록 온도를 높인다
어제의 조각이 오늘의 나를 만든다
오늘의 조각이 내일의 나를 만든다
조각은 열정과 긴장의 칼날이기도 하다
나를 기쁘게도 하지만 울리기도 한다
나는 고종목 식으로 너는 조각보 식으로
눈물을 닦아 주는 손발로 다가가는 조각
진정 꼰대가 아닌 멘토로서

아름다운 가시로 그대를

말문을 연다
말은 밥 먹듯이 먹어야 산다
먹은 말은 위로 토해 내고 아래로 토해 낸다
표정이 밝은 말은 부드럽고 맛있다
장미꽃은 가시 돋은 말로 그대를 유혹한다
말에도 품격이 있어 씨를 붙여 '말솜씨'라 이른다
'말솜씨' 없는 말은 말의 품격을 깎아내린다
말버릇 없는 어중이도 말을 해야 살 수가 있다
말은 가까이도 멀리해도 안 되는 처방을 놓고
꿈속에서도 누구인지도 모르는 사람과
말씨름 입씨름하다 승부 없는 날이 샌다
말을 잘 쓰면 약침이 되고 못 쓰면 멱살 잡힌다
말은 언어이고 약속이다
텅 빈 의미 없는 애완용 기호품이다
말문을 닫는다

낙과 & 낙관

몸을 입은 살 가느다란 올로 풀어낸다
흰 뼈가 드러나도록 구멍을 판다
기도 제목을 구멍 속에 심는다
아름다운 잔가지 뻗으라고 심는다
하늘을 배경으로 달린 열매
그림을 바느질하는 야무진 손 아깝다고
죽으면 관 속에 넣지 말고
관 밖에 내놓고 묻으라고 한다
시가 되지 못한 낙과가 아닌
빛깔 곱고 향기롭게 잘 익은 낙관
간절함을 담아 꾹 눌러 찍고 싶은 마음
앙상한 나뭇가지인 양 외롭다

시 강의

손 씻고 발 씻은
욕망의 관념 덩어리
불판 위에 올린다

오래 잘 참으면 재(財)가 되고
오래 잘 못 참으면 개밥이 된다

이런저런 구실을 붙여
살이 다 뜯긴 관념의 뼈 앞에 놓고
침을 질질 흘리며 낭송을 한다

컹컹컹 텅 빈 소리로 개가 웃는다
내가 짖어댄다

한 번쯤 바꿔 봐

그래, 바꿔 보는 거야
바다를 육지로, 꽃은 나비, 나비는 꽃으로

브래지어는 그 남자의 빈약한 가슴에
매일 면도하기 귀찮은 수염은 그녀의 턱에
매달 잊지 않고 생리대를 들고 찾아오는 손님
프러포즈하는 그 남자에게 선물로
까짓거 성전환 수술로 확 바꾸는 거야

당기는 파트너와 한 서너 달쯤
기쁨도 슬픔도 함께 느껴 보는 거야
고통까지도 감싸 안을 마음 굳게 서면
골인하고 아니다 싶으면?

처음 대면하던 때처럼 친구도 애인도 아닌
'너' '나' 모르는 남처럼 씩 — 웃어요.

한 번쯤 바꿔 보지 않을래요?

시인은?

일곱 빛깔 무지개를 실로 풀어
바늘구멍에 건다
한 땀 한 땀 수놓아 무늬를 짠다
새들은 날개를 적셔다 꽃눈 잎눈에 뿌린다
봄바람은 울긋불긋 대지를 꾸민다
세상은 모두 이웃사촌으로 정겹다
시인은, 한 땀 한 땀 바느질을 쓰고
정성을 다한 솜씨로 그림을 바느질한다

2부

잡동사니

바늘 손놀림을 받아쓴다
비틀고 쥐어짜 내 건조한 시
뻔뻔스러운 시 수줍어 얼굴 빨간 시
캐릭터가 없는 시

크고 작은 색들의 조각을 이은 그림의 조각보 시
새처럼 날아든 시집의 답장
새가 답만 똑 따먹고 날아가
불러도 불러 보아도 대답 없는 시
기억 속에서 까맣게 잊혀져 가는 슬프디슬픈 시
그저 그렇고 그런 잡동사니

유서처럼 쓴 시
실존을 확인하는 도정에서 낙태되는 시
늘 아쉬움을 남기고
미완으로 남는

바느질을 쓰고 그림을 바느질한다

그 나라가 그 나라

15~17평의 서민 임대 행복주택 한 채
1,500cc 국민 승용차 한 대 없어도 기죽을 일 없는
먹고 마시고 싸는 일 없어 쓰레기 공해 없는
병아리를 먹을까? 악어가죽을 입을까?
질병과 고통 스트레스로부터 해방된 나라
죽음이 없어 죽음의 두려움 없이 천수를 누리는 나라
이별의 아픔도 슬픔의 눈물도 외로운 밤도 없는
외로울 땐 사랑도 대신할 수 있는 알바가 가능한 나라
고민할 일이 없어 고민이 되는 나라
인간은 기계다워지고 기계는 인간다워진 꿈같은 나라
양담배 겸팔이 15세 과거의 소년과 현재 88세 시인이
일곱 살 때 죽은 아버지를 만날 수 있는 나라
천국 나라 지옥 나라 두 나라의 문에 자막이 흐른다
'이 문을 통과하면 다시 나갈 수 없는 문'이라고
제3의 꿈나라 문
당신은 이미 꿈나라에 들어와 있고 나가려면
꿈을 스스로 깨고 나가시면 됩니다
단, 뒤돌아보지는 마세요

낙엽이 전하는 말

간밤, 푸른 고독 붉은 열정의 조각
된서리 맞고 미련 없이 떨어져 나갔지

노랗게 잘 익은 시간의 조각
하나 사치로 남겨 놓았나?
누구에게 보이려 한 적 없지
누구 흉내 내려 한 적도 없었지
이야기 들어 보라고 노란 손짓을 한다

낙엽이 전하는 말
떨어지지 않아
그냥 매달려 있을 뿐이야

변명 아닌 변명

새로 만든 조각보를 펼쳐 놓고 본다
미운 조각 하나 없는데
마음에 들지 않는 몇 놈 오리 새끼 보인다
시 한 편을 쓰고 한숨이 절로 터졌다
가슴에 변명 이름표 달고 이마에 변명 딱지 붙이고
뒤통수에 변명 꼬리 달고 옆구리에 낀 채
입가에 번지는 뻔뻔스러운 미소 억누른다
발소리 숨소리 죽이고 다가간다
삶과 시 바느질 조각놀이로 즐겼는데
이것 장난 아니네
내가 나에게 변명 아닌 변명의
도전장을 내밀다니

바늘꽃

언제나
계절을 못다 핀
서러운 꽃 가시가 많아 아픈 꽃
이 밤도
발자국 소리 없이 찾아와
나의 창에
불 꺼짐을 지켜보고
돌아서는
나의 사랑 바늘꽃

바늘이 길을 연다

바늘이 길을 열어 간다
------- 침선으로 길닦이한다
곧은길 구부러진 길 오르막길 내리막길
점으로 시작한 길 속에 수많은 길
봄이 오는 길목마다 꽃길이다
노란 개나리꽃 길 따라
영동고속도로를 달리는 노란 관광버스
쪽빛 동해바다에 한 점 섬으로 떠 있다
노란 봄비가 사선으로 내린다
바늘이 노란 봄나들이 길을 열어 간다

오징어 게임

무슨 놀이 할까?
조각이 먼저 느낌을 기억한다
지나가는 바람이 먼저 느낌을 전한다
느낌을 먹고 입고 오징어 다리에 힘을 건다
너랑 나랑 우리랑 너네랑 청군 백군
어깨 걸고 마음 다지고 땀방울 흘리고 있다
씽-씽-씽 바람아 다들 달려와라
이야기가 있는 우리네 마당 문 열어 놓았다
짱구머리, 골목대장, 다 함께 멋지게 잘해보자
제기차기 씨름 줄다리기 너네는 없는 새끼줄 공차기
나랑 너랑 우리랑 너네랑 세계가 열광한
'오징어 게임' 응 - 응 - 응 그거 맞다
조각의 느낌이 럭키다

한 조각 이루었다

그는 스스로 만든 틀 속에서 살았다
그의 패션 아이템은
늘 모자라는 쪼가리 이미지다
그는 생을 조각놀이로 즐겼다
그의 생에 맞춤형 기호를 비문에 새겼다
그의 죽음이 틀을 깨부수었다
세모 네모 동그라미 다각 속에서
그의 영혼이 걸어 나왔다
조각 하나에 온 산이 가을빛이다
한 조각 이루었다

찰칵, 그 느낌을

개나리 노오란 꽃그늘 아래
봄 아기 아장대는 맨발을
나들이 나온 햇살이 아기 발을 거는 순간
을, 찰칵
쿵덕쿵 엉덩방아 찧는 소리
아기 발가락 뽈끈뽈끈 힘이 오른다
진달래 목련 민들레 화들짝 놀라
깔깔거리는 웃음의 무늬
를, 찰칵 찰칵
세상을 내다보는 젖은 속눈썹의 떨림
엄마 눈가에 살짝 그어진 잔주름
을, 바늘 자국도 없이
깁는다. 찰칵 찰칵 찰칵

내가 흐르네

저 산은 세상을 다 품고도
묵묵히 흘러가네
저 강은 흐르는 길을 막아서면
저 멀리 굽이굽이 돌아
흘러가고 흘러오네
산을 닮고 강을 닮으라 하네
더우면 춥다 추우면 덥다
말 많은 세상 몸을 내맡기고
물 흐르듯 흐르라고 칭얼대네
흥얼흥얼 칭얼칭얼
내가 흐르네

죄의 손

바늘과 실로 촘촘히 얽어맨 날들
겉모습 꾸밈이 다인 줄 알았다
사는 일이 조여 오면 풀고
느슨하면 다시 조여 주는 손놀림
마음 가닿는 대로 죽이 맞을 무렵
콧대 높이 세우기도 하였지
겉 바느질 속 바느질로
드러난 수치는 가릴 수 있었지만
손톱 밑에 박힌 익명의 가시 뽑을 수 없다니
벌거숭이 바늘로 죄의 손을 읽는다

… 인 양

배고픔인 양 꼬르륵 - ㄲ ㄲ ㄲ

배부름인 양 크 - 윽 ㅋ ㅋ ㅋ

내 뱃속이 네 뱃속인 양

내 목숨이 네 목숨인 양

네 마음이 내 마음인 양

일하기 싫으면 먹지도 말란다

뱃가죽이 등짝에 가 붙고

쉴 사이 없이 땀을 닦아 내도

한목숨 내 손 안에 있다는 듯

꼬르륵 - 꼬르 ㄲ ㄲ ㄲ

크 - 윽 큭크크 ㅋ ㅋ ㅋ

거만스레 듀엣으로 토해 낸다

고삐 없는 시

한 번 입혀 보지도 못한
배냇저고리 함 속에 깊이 잠들어 있고
수의를 꺼내 들었더니
때가 아니니 더 기다리라 한다
이래서 안 돼 저래서 안 돼
가마는 없어 못 태우고
가을이 익어 가는 들녘의 백마는 가자는데
넘어야 할 언덕은 멀기만 하고
해는 시간을 재촉 저물어 가는데
제자리를 서성이는 고삐 없는 내 시

섬 꽃

시의 영혼이 기어다닌다
일어서서 걸어 다닌다 뛰어다닌다
영혼의 몸인 시집을 벗어나 마음 가는 대로
언어의 파도가 넘실대는 바다로 나간다
팔딱팔딱 뛰는 생명을 먹고 영혼을 살찌운다
섬으로 건너간다
발자국마다 고여 피어나는
섬 꽃의 향기를 마신다
해 뜨는 아침 바다 윤슬로 피어난다
집이 있으니 영의 몸도 있다
집이 없으면 영의 몸도 없나니
내가 있는 곳에 시도 있고
시가 없는 곳에 나도 없나니
시여 꽃이여 사무치는 그리움이여
향기로 가슴에 안겨 오는 섬 꽃

3부

리셋한다

처음 만든 조각보를 펼쳐 놓고
시 한 편을 쓰고 한숨이 터졌다
고개를 끄덕끄덕하다가
아기처럼 도리질을 한다
후회하는가? 아니 아니
그렇다면 변명하는 것인가?
아니아니 비비비 非非非
변명 아닌 변명이라고 자위한다
가로, 세로, 곡선 찢기고 끊긴
선과 선의 만남에 색동 마음을 입혔다
후회도 변명도 아닌 비비비 霏霏霏
조각 세상을 리셋한다

* 非 : 아닐 비
* 霏 : 오락가락 비

소리

소리가 돌아간다

오르간표 미싱 바늘에 걸려 올라오는
앞소리를 뒷소리가 받아넘긴다

실뿌리 뻗어 가는 땅의 숨소리

노랑 부리 새가 구름 건반을 두드리는 소리

엄마와 눈 맞추는 아기의 심장 뛰는 소리
배치그리한* 젖비린내에 살 오르는 소리

삼월 바람 타고 돌아오는 연분홍 메아리

매화꽃 탕탕 터트린다
총소리가 그네를 탄다

*배치그리한 : 아직 덜 여문 풋옥수수의 비린 맛

44

쌈지 속의 바늘 친구

바늘 쌈지를 풀어 놓았지
기호들이 튀어나왔지

가나다라마바사아자차카타파하

서로 어울려 밤샘 일도 마다하지 않았지
내 실수도 네 탓이라 우겨댔지
술 달라 안주 달라 눈물 콧물 닦아 달라달라…
투정 부리는 어깨 뒤로 슬며시 다가와
네 마음이 내 마음이라고
얼싸안고 울다가 웃다가 나뒹굴었지

깐보면 핏방울 솟아나게 바늘침을 놓았지
오른손이 하는 짓 왼손 모르게
슬쩍 빈 주머니 채워 주기도 했지

차 – ㅁ 좋은 바늘 친구 내 친구야
바늘 = 나, 우린 둘이 아닌 하나야

바로 저것

내 손에 잡은 저것
날마다 가위로 조각을 낸다
내 삶도 날마다 조각조각 해체된다
내 시간도 없이 바쁘게 걸어오다 보니
힘들어 지친 몸과 마음
아플 시간도 외로울 시간도 없이
미안하다는 말 한마디 하지 못했다
지금 이 순간도 손에 쥐고 있는 저것들
남의 손에 기대기만 하고 빈손인
'삶'은 삶은 계란이 된다
스스로 껍질을 깨고 나오는 조각은
병아리가 되어 세상을 향해 걸어간다

너도 그도 저도 나도

눈 닫히고
귀 닫히니 보인다
바로 코 밑에
덩그러니 혼자 앉은 초가
너도 그도 저도 나도
아닌
시(詩) 무덤
한 채

영원한 불꽃

스물둘의 젊음을 불사른
전태일* 청계천 버들다리 위에 나와 있다
평화시장 다락방 작업실의 처진 어깨가 손 내민다
관철동 피아노 거리에서
그의 자작곡 '영원한 불꽃'을 연주한다
스물 두 개의 피아노 음계를 깨금발로 연주한다
청계천 음계, 모전교, 광통교, 광교, 삼일교, 수표교
세운교, 나래교, 맑은다리, 두물다리 밑을
지느러미를 단 불꽃이 뜨겁게 흐른다
동대문 패션상가 앞 새벽다리를
보따리 상인들의 발걸음 스타카토로 연주한다
노동의 아픔 목메이는 슬픔이 박자 맞춘다
버들다리 위에서 '근로기준법'을 외치는
전태일 1970년 11월 13일
영원한 불길 속 외침이 메아리친다

고추가 싱글벙글

할머니의 주름진 바늘 손끝에
하얀 고추꽃 피어난다
바늘 한 땀에 고추 한 개
바늘 둘, 셋, 다섯 땀 마디마다
고추가 조롱조롱 달린다
할머니 손은 고추밭 고랑이다
달빛 쐬어야 고추가 실해진단다
할머니 주름 손에
벌겋게 약 오른 고추 일어선다
시집가면 손녀딸 손에도
주렁주렁 고추 맺으라고
달빛 깔고 앉은 할머니 손에 든 바늘귀에
연신 실을 꿰어댄다
순데기* 가슴 빨갛게 고춧물 든다
바늘구멍으로
고추가 싱글벙글 걸어 나온다

*순데기 : 순둥이의 방언

코스모스

그대는 나를 만나려고
나는 그대의 외로움을 만나고 싶어
그리움의 긴 복을 뽑아 올려
꽃 조각보로 피어납니다
검은 눈동자가 상처받은
검은 그림자의 긴 한숨이
그대를 닮고 싶은 하늘로 날아갑니다
하늘은 파랗게 시려옵니다
내 가슴도 그대의 하늘빛처럼
파랗게 젖어 시려옵니다
그대 닮은 나 닮은
코스모스로 피어나렵니다

길은 끝나지 않는다

정선 나전에 사는 다섯 살 손자 녀석
유치원 가는 논두렁길 밭두렁길을 걸어간다
할아버지는 메뚜기, 녀석은 고추잠자리
할아버지는 산토끼, 녀석은 다람쥐
할아버지 앞장서 길이 되어 걸어간다
녀석은 앞에서 길을 내고 길을 닦고 길을 묻고
굽은 길은 지름길로 들어서고
곧은길은 멀리 돌아 노래 부르며 간다

나전에서 구절리행 완행 기차 타고 소풍 간다
길은 하나 가는 길도 하나 오는 길도 하나
하늘엔 하얀 낮달이 전설로 흐른다
산기슭엔 작은 풀꽃 산새들 소근거린다
계곡 아래 물가에서 조약돌 줍는 녀석 뒤로
살며시 몰래 다가가 똥침을 먹인다

흙냄새 풀냄새 정겨운 길 따라 어디쯤이면
새벽을 깨우는 장닭 우는 소릴 듣겠구나
둘이서 가는 소풍 길 끝나지 않는다

땅끝 마을로 가는 길

여보시게 땅끝 마을을 아시는가?
길가 오동꽃 보랏빛 눈웃음 흔드는 한낮
시누대숲이 사그락사그락 무어라 일러 주는 말
내 아둔한 귀가 새겨듣지 못하네
지나가는 딩크족*에게 땅끝 마을을 물었네
지도에게 물어물어 가라 하네
길에서 길을 보고 길을 물었네
땡초 같기도 아닌 것 같기도 아리송한 불보살
작은 근심이라도 덜었는지 허리춤 추스르며
해우소 비슷한 서낭당 뒤쪽에서 걸어 나오시는
스님에게 물어보네
땅끝 마을 아직도 먼가요
다 왔다고 생각되는 곳이 바로 거기라네
총총히 사라지는 어깨 위로
허무의 낮달이 내려앉는다

* 딩크족 : 의도적으로 자녀를 두지 않는 부부

약속

한낮의 송파 사거리 신호등
빨간 불빛이 약속을 깜박 깜박한다
흰 지팡이가 벨을 누른다
"잠시만 기다려 주십시오"
"녹색불이 켜졌습니다" 깜박 깜박
"건너가셔도 됩니다"
또르륵 또르륵 또르륵······ 벨이 울리고
흰 지팡이가 똑 · 똑 · 똑 · 건너가고 있다
깜박. 빨간 불빛
"위험합니다 다음 신호를 기다려 주십시오"
끼 ― 이익 오토바이 파열음이 뒤엉킨다
119구급차의 사이렌이 울린다
깨어진 안경 위로 개미 떼 기어오른다
흰 지팡이의 약속이 숨 가쁘게
휘청휘청 건너간다

사람 냄새가 그리운 날

닷새마다 열리는 시골 장날 장터거리
난전 바닥의 푸짐한 정담 맛이 삼삼하다
날갯죽지 묶인 채 싸질러 놓은 닭똥
팔리려 나온 똥강아지의 따스한 비린내
가마솥에서 펄펄 끓는 쇠머리 국밥 냄새
목젖이 반란을 일으킨다
달걀 두어 꾸레미* 들고 십 리 밖 장에 나와
유기전 송방 옆 한 쪽 귀퉁이에 퍼질러 앉아
퉁퉁 불은 젖 아이 입에 물린 아낙 얼굴에서
미운 일곱 살 때 어머니를 퍼 올린다
삼삼오오 앉으면 앉은 채 서면 선 채로
"살구실 산댁* 어여 오시우야"
"서낭골 산댁 반갑소야"
안부 보따리 부스럭 부시럭 풀어 놓는다
그런저런 사람들의 정겨움 어디로 밀려나고
제 새끼 입에 빨려 보지도 않은 젖통
향수 냄새 역겹다
다섯 남매들 뒷바라지하고
손자 손녀까지 빈 젖 물리던 할머니

오늘은 달걀 꾸레미 팔러
기차 타고 정선 장엘 갈거나
버스 타고 메밀꽃 피는 평창 장엘 갈거나
대화 장엘 갈거나 봉평 장엘 갈거나
"잘덜 댕게 오시우야"

* 꾸레미 : 꾸러미의 사투리
* 산댁 : 사돈댁

산나물 타령

봄 날씨 참 좋구나!
성님 아우님 산나물 뜯으러 가세나

비 오느냐 우산나물 강남이냐 제비나물 고무신이냐 대대로 물려받은 짚신나물 군불이냐 장작나물 미쳤느냐 취나물 취했느냐 곤드레만드레 담 넘어냐 넘나물 바느질이냐 골무초 시집 갔다 소박나물 오자마자 가서풀 간지럽다 오금풀 안줄까 봐 달래나물 삐졌다 따졌다 삐뚜바리 정 주듯이 찔끔초 아들이냐 딸 나물 거짓말이냐 참나물이다 돈 없다 돈나물 보릿고개냐 보리 나물 산 한 짐 뜯어 등에 지고 산나물 한 보따리 머리에 이고 산 냄새 눈으로 마시고 풋나물 향기 코로 마시고 꽃향기 한 주 머니 허리춤에 차고 내려오네 등에 매달린 산이 산에서 나랑 같이 살자고 잡아당기네 산 그림자 산새 골짜기의 물소리도 졸 졸 도레미파솔 따라오네

아리랑 아리랑 아리랑을 뜯어 오네

마침표를 찍다

시집 한 권의 교정을 마친다

머리글, 맺음말 마침표 점을 찍으려는
찰나, 한 행에서
검은 콩새가 날아와 점 하나 찍고 숲속으로
한 행에서 꽃씨가 날아와 점 하나 찍고
모두 행간 속으로 쏙쏙 숨어들었다
. . 두 점이 되었다
좀 아쉬운 듯싶은 말 끝나기 전에
시작만 있고 끝은 없는 시에
마음(心) 한 점 떼어 낸 그 점으로

떨리는 마침표를 찍는다

Clothes Without Pockets

There are no pockets on swaddling clothes
There are no pockets on a shroud, too
They don't know why there are pockets in them
They don't know the use of the pockets either
They don't know the necessity for that
They don't know the fact of their ignorance
They don't know the shame
A swaddling clothes doesn't know
The way of putting on itself
A shroud doesn't know
Putting on itself too
Two of hands are all empty

주머니 없는 옷

배냇저고리엔 주머니가 없다
수의에도 주머니가 없다
주머니가 왜 있어야 하는지
그 쓰임새도 모른다
모른다는 사실조차 모른다
부끄러움도 모른다
배냇저고리는 제 스스로 입을 줄을 모른다
수의도 제 스스로 입을 줄 모른다
양쪽 손이 다 비어 있다

4부

아라리 바람개비

첫째 마당

바람이 어깨에 날개를 단다
날개 달린 바람개비 나를 돌린다
성마령의 높새바람 몰아
아라리 무쇠풍구
다리미 속 이글거리는 불꽃을 먹은
내 불면 멀미를 아라리로 돌린다

초록 바람개비가 돈다
아주까리 동백은 아우라지 처녀에게 주고
머루 다래는 저 산에 주고
알싸한 산초 향기
한치 뒷산 곤드레 딱주기
참나물 취나물 곰취 잎은 나에게 돌려주고
산마을 강마을 빙글빙글 돌린다
네눈박이 검둥개가 물어뜯는
휘영청 밝은 저 달
초록 바람개비가 커엉 - 커엉 - 돌린다

구멍 뚫린 꺼먹고무신 끌고
이슬에 젖은 새벽길
달 없는 밤길
진눈깨비 내리는 길 질척질척 돌아서
내 탯줄이 연기로 사라진 마당이 있는 집을
하얀 바람개비가 돌리고 돌린다

소금꽃 흐드러지게 피어 있는
고향 집 덜컹거리는 철 대문 밀고 들어간다
처마 낮은 헛간 구석에서
먼지 끼인 물레가 무명실을 자아올리는
할머니를 돌리고 어머니를 돌리고 나를 돌린다
안개 걷힌 골목길 엿장수 가위 소리
녹슨 굴렁쇠가 마당을 돌린다
마루 밑에 벗어 놓은 꺼먹 고무신짝
눈깔사탕 바꿔 먹은
입술 부르튼 뻐꾸기가 허기진 배를 움켜쥐고
메들리로 풀-꾹 풀- 꾹 돌려댄다

둘째 마당

움츠러든 날개 **빳빳**하게 풀을 먹인다
1950년 그해 여름 피난 시절 달구벌의 삼덕동을 돌아
'바다가 지나가는 골목'을 돌아
화약 연기 사라진 잿더미를 돌린다
열네 살의 빡빡머리 버짐꽃 핀 얼굴에 눈이 퀭한 소년
럭키, 카멜, 말보르, 추잉검을 펼쳐 든
소년의 손 좌판을 돌린다
미군 헌병에게 잡힌 소년의 뒷덜미
'깟뎀' 푸른 눈의 눈총 맞고
줄기 비 내리는 흑백 필름 속에서 돌고 있다
1951년 겨울 1.4 후퇴 때
둘째 누이와 남북으로 갈라진 이산가족을 돌린다
그리움을 돌리고 쓰라린 아픔 아리쓰리 돌린다

흰 눈으로 꽁꽁 얼어붙은 피난길
따~콩 따콩 따다다다 따다다다
반세기를 넘어온 이명
바람개비가 아라리로 돌린다

셋째 마당

교모가 부러워 뒷골목으로 다녔다
교복이 부러워 뒷골목으로 다녔다
학교 가는 친구들을 피해
돌아앉아 무릎 사이에 얼굴을 파묻고
소년의 푸른 나이 양복점 공방에다 묻었다
똘똘 뭉친 오기의 기둥뿌리 다리미 속에 꾸겨 넣고
풀무질로 달군 고통의 무게와 싸우며
얼굴 없는 지문을 문질렀다
촛불 램프 불빛 깔고 앉아
내 남루의 열기로 매운 주름살 폈다 접었다 하며
소년 가장의 고뇌
가느다란 재봉실에 턱걸이로 매달려
외진 공방 아픈 세월을 촘촘히 누비면서
한 땀 한 땀 가난을 꿰매어
사랑도 깁고 인생도 깁고…

— 「바느질 10」 전문

파란 바람개비가 열여섯 살의 소년을 돌린다
뒷골목 바느질 공방에서
교모 교복 책가방을 다리미 속에 쑤셔 넣고
파란 불꽃이 튀도록 풍구를 돌려
복받치는 오기로 씽- 씽 바람을 일으킨다
15종 미싱 103종 공업용 모터 미싱 오바로구 미싱
밤을 낮으로 낮을 밤으로 드르륵 드르륵
아침 8시부터 밤 10시까지
하늘이 노래지도록
피댓줄이 늘어지도록 아라리로 돌려댄다

　　　넷째 마당

세 날개 중 귀 떨어져 나간 한 날개
먼지 털고 돌리고 돌린다 아라리 바람개비
4.19의 함성, 5.16 군사정변을 아라리로 돌린다
1970년 11월 13일 청계천 평화시장 앞에서
'근로기준법'을 외치며
불꽃에 휩싸인 봉제 노동자 전태일을 돌린다

단 한 시간이라도 피댓줄을 더 돌려야 하는

'나'

머리띠 두르고 노동쟁의에 불려 나간다
잘 - 살아보세 잘 - 살아보세
새마을 노래를 돌린다
스물넷의 젊은 목구멍 피댓줄에다 건
바늘구멍 속의 나를 노란 바람개비가 돌린다

다섯째 마당

함경남도 성진 바닷가에서 객사한

아버지의 바람을 돌린다
어머니의 바람이 쌍포바위를 물어뜯는다
파도를 물어뜯고
일곱 살의 가슴을 물어뜯는다

빛바랜 슬레이트 지붕
바람에 삐걱거리는 녹슨 대문짝
나동그라진 간이역 뒷마당
잎이 진 대추나무 우듬지 끝에 매달려서
성마령의 바람개비 저 홀로
아리아리 쓰리쓰리 아라리 돌아간다

여섯째 마당

평창 5일장 서는 날
흰 고무신 닦아 신고 휘파람 날리며 장 구경 간다
몇 해 전 저승바람 맞은 피붙이를 만난다
휘적휘적 장바닥 한 바퀴 휘돌아 본다
어물전 앞에서 베옷 입은 친구의 아들을 만난다

효도 관광 떠난다고 좋아하시더니
교통사고로 객사한 이야기 전해 듣는다
그의 영전에 막걸리 한잔
노잣돈 몇 푼 보태 주지 못해서 짠한 마음
떡전 골목 긴 나무 의자에 걸터앉아
메밀 부치기에 막걸릿잔 건넨다
나도 한 잔 거나하게 취하면
이승이 저승이고 저승이 이승이 된다
바람맞은 누더기 옷자락에 어스름이 번진다
내가 저문다

「조각보 아리랑」 이산가족의 눈물바다
아직도 흐느끼는데 …

* 성마령 : 평창 미탄에서 정선으로 넘나들던 옛 도로로 손에 별이 잡힐
  듯 고개가 높아서 지어진 이름이라 함

5부

산문

해체와 통합

고 종 목

　나는 자기소개할 때 바느질을 쓰고 그림을 바느질하는 시인이라고 소개한다. 한평생 바느질을 하여 의식주를 해결한 바느질 장인으로 태어난 지 3개월 만에 소아마비로 상체 장애인으로 살아왔으며, 현재는 시력을 잃고 시각 장애인으로 살고 있다. 청력도 거의 잃어가는 상태이다.

　그런 내가 문학과 조각보 작품을 한다는 것은 거의 기적에 가까운 것이다. 첫 개인전 〈현대 조각보와 시의 만남〉을 주제로 개인전을 했는데, 그렇게 할 수 있었던 것은 바느질 체험에서 얻어진 결과이다. 나는 문학이나 작품에 대한 전문 교육을 받지 않은 순수 아마추어이다.

　나에게 있어 해체는 물리적인 해체가 아니라 자연의 해체이다. 자연은 △□○☆ 다각으로 아무리 두드리고 깨부숴도 이 4가지 원형을 벗어날 수 없는 자연으로 해체가 이루어지고 자연스럽게 통합으로 이어진다. 그 통합의 방법이 바느질 통합이다. 그것은 문학이나 조각보 작품 전체를 관통하고 있다.

어느 날 거울 앞에 서서 자신의 얼굴을 보고 악! 하고 놀랐는데 소리는 컸으나 아프지는 않고 시원한 느낌을 받았다. 눈썹, 눈동자, 귀, 코, 잎, 턱, 치아 모두가 조각으로 조립되었다는 것은 대발견이다. 이렇게 새로이 뜨인 눈으로 바라본 세상의 물상이 다 조각으로 보였다. 다시 말해 나에게 있어 해체와 통합은 자연의 해체이며 자연의 통합이다. 이것은 통합의 모티브이며, 어느 누구도 흉내 낼 수 없는 독보적인 나만의 시 세계를 구축해 왔다. 이를 두고 박용숙 미술 평론가는 '업둥이! 내림'이라고 했다. '업둥이 내림'은 누가 가르쳐 주지 않아도 스스로 할 줄 아는 것을 이르는 말이다.

이 세상의 모든 사물은 조각이다. 그것이 자연이든 물리적으로 해체가 된 것이든 그 조각의 원형은 하나이다. 그 조각들 하나하나는 소리가 있고 색채가 있고 무늬가 있다. 그 모양 또한 귀나고 모나고 둥글고 길고 짧은 모양을 가지고 있으나 그것은 곧 하나에서 나온 것이다. 다만 표현 방법에 있어서 시는 언어로 표현하고 조각보는 실과 바늘과 천 조각으로 표현한다. 그 중심에는 해체를 하나로 다시 통합하는 보여주기가 있다. 일종의 놀이 개념으로 호모루덴스라 볼 수 있다.

내가 지금까지 해온 조각보 작품이나 詩문학도 우리 전통문화의 바느질 기법으로 타자와의 차별성을 이끌어 내는 실험 정신의 극대화이며 '주체의 분열인 조각'의 통합이다. '해체 · 통합'을 통해서 변화를 모색함이 본질적 요구 조건이다. 그것은 線과 선의 조화로움을 관계 짓는 관계론이다. 조각보를 만들려고 하면 안 된다. 내가 조각 속의 조각으로 하나가 되어야

한다. 시에서도 내가 하나의 조각으로 일체가 되어야 한다. 조
각은 나에게 있어 깨어지고 부서져 조각이길 고집해도 그것은
처음부터 '나'이면서 나의 타자인 것이다.

　'몽타주'는 시 속의 타자로서 자신을 찾으려는 의지로 해석
할 수 있으며 '조각보'는 시의 소재인 대상이다. 나의 시적 대상
인 욕망덩어리를 조각으로 해체하는 수단은 평생 바느질에 쓰
인 가위이다. 가위로 조각조각 해체한 조각을 통합할 때에도
바느질 체험으로 습득한 바느질 기법을 동원한다.

　인간의 마음이 흥분하면 표정이 변하듯 시도 마음의 상이므
로 붉으락푸르락 표정의 변화를 보인다. 그 하나하나 대상의
특성을 이미지화하여 언어로 표현해 보여 주고 들려주고 느낌
을 주는 것이 시인의 몫이다. 나만의 낯선 바느질 체험을 통한
과정을 정립한 것이 나의 시론이다. 역사 이래 세상의 물상이
조각으로 되어 있다는 것을 발견한 것은 말 그대로 대발견이
다. 보았지만 아무도 보았다고 말하지 않았다.

　조각을 최초로 기호화한 것은 시인으로서 차별성을 부여하
는 것이며 나만의 독보적 창의성을 유지한다. 조각보 '몽타주'
는 내가 지향하는 도달점이다. 시인이라는 캐릭터 앞에 "시는
발견이다"를 놓는다.

옷은 제2의 피부

고 종 목

옷은 그 사람의 성품을 나타내는 인격이다.

옷 입은 맵시를 보면 그 사람 속내를 읽을 수 있다. 하나님이 인간을 창조할 때 옷을 입지 않은 벌거숭이였다. 어느 날 뱀의 꼬임에 빠진 인간은 선악을 구분 짓는 하나님이 되고 싶어 따 먹지 말라는 금단의 열매를 따 먹은 죄로 에덴동산으로부터 추방을 당했다. 부끄러움을 느껴 무화과 잎으로 아랫도리를 가린 것이 최초의 옷이다.

인간의 욕망이 옷을 걸치지 않아도 될 자유로움까지 잃게 되었다. 단순히 치부를 가리는 차원을 넘어 내면의 아름다움을 가꾸기보다 옷이 신분 과시 수단으로 변질되었다. 자기 개성을 살리고, 내면 깊은 곳으로부터 풍겨 나오는 멋을 연출하는 일상생활에서 쓰임새가 편한 옷이 가장 좋은 옷이라고 말할 수 있다.

옷에도 국적이 있다. 분명 우리 옷이 있는데 우리는 국적 없는 옷을 입고 다닌다. 글로벌 시대를 살아가면서 꼭 우리 것만을 고집하는 것은 아니지만 우리 옷에도 노동복이 있고, 평상복이 있고, 고급스러운 나들이옷도 있다.

우리 문화가 서구에 비해 합리적이지 못한 면도 있다. 다행히도 십여 년 전부터 우리 젊은 의상 연구가들이 실생활에 기능적으로 입기 편한 생활 한복을 선보이기 시작했다. 옷감 소재도 면 마같은 자연 섬유에 자연염료로 염색한 옷감이 있다. 남자 바지에 댓님 매는 불편을 없애고 단추로 처리했으며, 양복바지처럼 앞에 지퍼를 달았다. 해우소 드나들 때 허리띠를 목에 걸지 않아도 되게끔 고리를 달고 허리끈을 고정시켜 여러 가지 번거로움을 덜었다. 저고리에도 고름 매는 어려움을 덜어 매듭단추나 단추를 달고 넓은 소매통도 좁히고 치마폭도 통치마로 개선해 덜 펄럭거리게 했다. 값도 싼값으로 보급 되는 듯하다가 요즈음 다시 사치품으로 고개를 들고 있다.

명주 비단에 궁중 옷처럼 화려한 수를 놓은 옷도 있다. 그런가 하면 수를 도배질하여 품위를 해치고 있다. 아름다운 멋도 지나침은 모자람만 못하다. 한술 더 떠서 모자람도 넘치지도 않는 우리 옷이 옷 모양을 마구 바꾸어 국적 없는 옷으로 변질되고 있음은 안타까운 일이다. 앞섶에 깃을 세우고 그 위에 흰 동정을 꼿꼿이 달아서 입은 옷맵시야말로 세계 어느 나라 옷보다도 기품이 있는 옷이다.

옷 한 벌에 칠십, 팔십, 백만 원 대를 넘어 서민들이 입기에 부담스러운 지출을 하고 명절 때나 무슨 행사 날이나 잠깐 입고 벗어 옷걸이에 걸어 두는 천덕꾸러기 옷이 되었다.

나는 옷감을 마름질하고 남은 자투리나 쪼가리를 모아 쪼가리 옷을 만들어 입는다. 어디 특별 초대받은 장소에 갈 때나, 문학 세미나, 결혼식장에 갈 때도 쪼가리 옷을 입고 당당히 나타난다. 주위 사람들의 부러운 시선이 모인다. 예전 같으면 오죽 없으면 저런 쪼가리 옷을 입었을까? 비웃음 반 동정심 반의 눈총을 받을 터인데, '참 멋있다' '좋다' '귀한 옷이다' '그런 옷 입고 싶다' 다가와 만져보기도 한다.

몸에 잘 맞고 편한 옷이라면 그런 옷은 제2의 피부라고 말하고 싶다. 거기에 그 사람의 품격이 느껴지는 옷, 외모에 버금가는 내면의 기품까지 갖추었다면 금상첨화가 아니겠는가?

내가 지은 쪼가리 옷을 내가 입는 것은, 바늘로 쓴 내 바느질 이야기와 내 몸으로 그린 그림을 입는 것과 같다.

6부

편지글

고종목 시집, 〈조각보 아리랑〉, 〈시, 後〉
잘 받았습니다.

우리의 각 지역에서
전통적으로 유래되는
소리와 유형을
찾아보여 주는
그 멋에 매료됩니다.

간단히 인사를 드립니다.

— 조병무 드림

강영희입니다.

선생님이 보내주신 귀한 시집과 조각보전 기념 책자 잘 받았습
니다.
게으른 일상 속에 흐느적대다 마주친 선생님의
예술혼은 깊은 산골짜기의 청갈한
한줄기 샘물처럼 제 자세를 곧추세우네요
시의 색채와 철학과 전통과 딸과...
선생님의 그동안 치열했던 삶이 보이네요.
그 모든 것을 저는 한마디로 서늘하도록
아름답다고 말하고 싶네요.
소풍이라고들 말하는 한평생, 선생님은
신명 나게 잘 놀았다고 별이 총총한 밤을
기다린다고 말씀하시네요
선생님 건강하세요.

— 강영희 올림(송파문학)

선생님!

가을이 깊어 가네요.
가을의 전령들은 스피드 문화에 밀려
사라지는데 내 마음은 아직도
옛 기억을 더듬고 있네요.

난, 늘 가을 앞에서 선생님을 떠올리곤
합니다.
열심히 시를 쓰셔서 타작마당의
농부처럼 추수하는 모습이 저에게 귀감입니다.

늘 시집을 받고도 인사를 못해서
작은 마음의 선물을 드립니다.

선생님, 건강하시고 다음 작품집도
기다리겠습니다.

2011.10월의 마지막 날

김상미 드림

시집 감사합니다.

고종목 선생님!

안녕하세요?

보내주신 시집, 조금 전에 잘 받았습니다. 감사합니다.

초록색 속지도 예쁘고 시인의 말씀 "...하나의 큰 조각을 해체하고 해체된 이질적인 조각들을 통합하는 반복적 체험을 통하여 새로운 화법을 이루어 가는 것"으로의 시에 대한 언급, 제게 가르침이 됩니다.

시는 바늘로 우물을 파는 게 아닌가 하는 생각을 하던 요즈음이었습니다. 차근차근 감사히 읽겠습니다.

행복한 가을 누리시기 바랍니다.

안녕히 계세요.

-진주에서, 김이듬 올림

고종목 선생님께

여명의 바닷속으로 서서히 몸을 일으키는 붉은 해가 푸른 바다 위를 지나 희망찬 2003년 새날의 새벽으로 걸어 나오고 있습니다.

금번 저의 제2시집 〈바다를 건너는 들풀〉 출간에 대해서 축하해 주시고 소중한 격려의 말씀과 더 열심히 작품활동을 할 수 있도록 용기를 북돋아 주신 덕분에 시집 판매대금 전액에 대하여 수해기금과 불우이웃돕기에 조금이라도 보탬을 줄 수 있었습니다.

앞으로도 문인으로서 소임을 다하면서 겸허하게 '향기로운 삶'을 살아갈 수 있도록 노력하겠습니다. 늘 바쁜 와중에서도 주변 사람들에 대하여 아낌없는 정성과 은혜를 베풀어 주시는 모습들을 볼 때마다 존경과 함께 감사드리고 있습니다. 보내주신 귀한 시집을 겨울 밤 한없이 읽겠습니다. 새해에도 선생님 더욱 건강하시고 가내에 행복 행운이 충만하길 기원드립니다.

한 조각
싹둑 오려다
이브닝 드레스 만들어 입고
당신의
그윽한 눈빛
채우고 싶은
마지막 남은 욕망
-고종목 님의 노을-

초 겨울 문밖에서 김학주 올림

내 몸이 비벼지고 있다

지금 이 순간에도

                    −고종목, 〈지금 내가 비벼지고 있다〉에서

고종목 시인께

안녕하세요.

보내주신 귀한 책을 고맙게 잘 받았습니다.

일면식도 없는 저에게 책을 보내주신 점에

거듭 감사의 말씀을 드립니다.

매 순간 햇빛과 바람과, 밥, 사과, 배

셀 수도 없는 많은 것들과 이 몸이 비벼지고,

그 덕에 살아가고 있으니, 존재가 신비롭다는

생각이 듭니다.

늘 건강하시고 즐거우시길 소원하며

                              2009.9.24. 설태수 올림

카드섹션처럼

세상을 아름다운 조각보로

입체화시킨 시작이며

마음의 장애를 앓고 있는

이 세상 사람들의

든든한, 편안한 길잡이

흰 지팡이 시인이십니다.

시집(오남구 선생님 시집도)과

선생님의 정신세계가 펼쳐진

엽서 잘 받았습니다.

더불어 잘 읽고 있으며 부족한

제 정신세계까지 화사하게

그려내겠습니다.

- 오승근 올림

이승희입니다.

선생님께서 보내주신 시집 『바늘의 언어』를 잘 받고 잘 읽고 있습니다. 전화를 드린다는 게 어찌하다 보니 늦어져서 메일로 대신합니다.

아직 다 읽지는 못하였지만 선생님 시에서 느껴지는 낯설고 새로운 방식들이 놀랍고 좋습니다.

제가 학교에서 아이들하고 시 공부도 하는데 언제 한 번 이 시집도 함께 읽어봐야겠다는 생각을 합니다.

좋은 시집 감사합니다.

늘 건강하시길 바랍니다.

– 이승희 드림

"풍경에서 퇴장하는 검은 나비 한 마리

유리창에 밑줄 긋고 간다."

"철새가 지나간 빈자리

******* 공중에,

공중에 행운의 암호 같은

낙관 하나 찍는다."

시집 잘 받았습니다. 그리고 축하드립니다. 그리고 또 감사합니다. 고향 후배라서 더욱 눈여겨보았습니다.

암호 같은 좋은 시들 많습니다. 내일은 그 평창에 갑니다. 문화원에서 백일장 행사가 있답니다.

〈시향〉의 오남구 주간이 가셔서 매우 안타깝습니다.

그런데 아직(지금도) 책은 계속 나오고 있나 봅니다.

〈글나무〉가 〈시향〉 나오는 곳이 아닌가요? 아무튼 좋은 시집 감사합니다. 항상 건승하시고 더욱 건필하시길 빌겠습니다.

2011.5.23. 이영춘 드림

"얼룩배기, 몸뚱아리" 고종목 선생님께
— 한 땀 한 땀 꿰매어 이루어 놓은 삶의 궤적

　누가 뭐래도, 그 누가 몰래 숨어서 나무랄지라도 시인은 있었습니다. 역시 시인은 곁에서 따뜻한 아랫목의 은은한 구들장처럼 한 행 한 행 계시었습니다.

　참으로 오랜만에 (P74) '송향이 진득 묻어' 정감 넘치는 서정의 정점에서 반가운 손님 만나는 기분이 저의 전신에 휘돌았습니다. 한 땀 한 땀 엮어가는 선생님의 생활 영역, 그리움에 대한 포즈 (P55) "시루목 고개 넘어 넘어" 온 삶의 구체적 희망 … 등, 저로서는 감히 지적할 수 없는 것들을 만났습니다. 그래서 오늘 작은 통증, 선생님을 통해서만이 얻을 수 있는 양식을 가슴 깊이에서 느끼었습니다.

　글로 표현할 수 없는, 그렇다고 그림으로도 그려낼 수 없는 이 통증을 저는 오래도록 간직하고 싶습니다. 선생님의 깊은 고뇌의 흔적들과 묵시록적 삶의 캘린더는 그래서 저를 더욱더 겸손하게 만들었고 더 사유케 하고야 말았습니다.

　저도 어머니를 잃은 불효한 죄를 근간에 저질렀기에 선생님의 어머니에 대한 애틋하고 간절한 통곡을 같이서 공감할 수밖에 없었습니다. 특히나 (P28) "略 // 당신은 / 불 꺼진 늪에서 / 띠가 찢기는 허무를 가누며 / 등뼈가 시려올 때 // 이놈은 / 내 새끼만 덮어주고 / 따스한 아내의 살을 / 맞대었습니다. // 처자식을 가진 못난 사내에게 와 닿는, 참으로 정곡을 쿡 찌르는 참회의 노래가 아닐 수 없었습니다. 어쩔 수 없는 내리 사랑의, 자기 합리화된 일방적인 사랑을 선생님은 놓치지 않고 무릎 꿇어 처절하게 비판하며 반성하고 있음은 비단 선생님 개인의 허약한 심성에 국한된 것이 아닐 것입니다. 어쩌면 백이면 백 다 갖는 구조적 갈등의 사랑이 아닐까.

또한 이 시집에서 갖는 삶의 흔적을 다양한 패러디를 가지고 있어서 이 한 권의 시집으로 말미암아 수백 수천의 인간적 교과서를 탐독한 바나 다름없고, 자연주의적인 휴머니즘을 저절로 갖지 않을 수 없게 만들어 버리고 맙니다. 그렇습니다. (P100) "죽어간 / 모든 꽃들을 / 대신해 / 부활하는 오늘 // 이승을 날아오르지 못한 / 넋들의 날개를 펴며 / 하이얀 지등 밝혀 놓고 / 산처럼 쌓인 따스한 기억들을 캐낸다 // 略" 아마 제가 보기에는 수채화 같은 최고의 자연 매력적 서정시가 아닌가 감히 말씀드리지 않을 수 없습니다. 이러한 詩語의 彫形은 열심한 노력에도 그 결과가 있겠지만, 그러나 타고난 천성의 아름다운 소유자에게서만이 만들어 나올 수 있지 않을까.

그렇다고 선생님은 그곳에만 안주해 있지 않으며 숱한 알레고리로 세상의 부조리에 대해, 현대 사회의 부정과 모순된 물질문명을 시인으로서 보이지 않게 꾸짖어 파악해 주었으며 (p119, 130, 136 …) 포근히 위무해 주고 있었습니다

그동안 쓸쓸했던 담 너머에서는 이제까지 갖지 못했던 베토벤 머리 같은 장미꽃 다발 다발이 세상 밖으로 날아오르고 있습니다. 이제까지 부정성에 대한 긍정의 순간이 아닐 수 없습니다. 미래에 대한 따뜻한 서곡이 아닐 수 없으며 더욱이 선생님과 같은 시인이 또 우리 곁에 있는 한 더욱 그러리라 나는 믿고 싶습니다. 내내 건강하시고 더욱 좋은 글로 미숙하고 황폐한 우리를 깨우쳐 주시길 바라겠습니다.

98년 5월 23일 수색에서 이재책 드림

선생님 안녕하세요?

창원에 살고 있는 이주언입니다.

보내주신 시집, 감사히 잘 읽고 이제야 인사 올립니다.

먼저 이런 귀한 시집을 멀리 저에게까지 챙겨주셔서 너무 감사합니다.

이번에도 선생님의 시를 읽으면서 참 젊은 감각을 유지하고 계신다는 생각을 했습니다. 저도 선생님처럼 노력하면 젊은 감각을 유지할 수 있을까. 다시 한번 시에 대한 자세를 가다듬었습니다.

늘 건강하시고 시에 대한 열정이 항상 충만하시길 기원합니다.

감사합니다.

– 이주언 드림

안녕하세요

COVID19로 행동이 제한되니 답답하고 불안한 세상입니다.

시집 《긴급수배자 조각보 몽타주》 잘 받아보았습니다.

조각보로 세상을 뚜렷하기가 쉽지만은 않은데 꾸준히 시 작업을 하시는 선생님이 존경스럽습니다.

'시! 쓸 때마다 유서를 쓰는 느낌'이라는 시인의 말 그렇지만 '늘 미완으로 끝나는' 것

시가 늘 그렇다는 것 공감합니다. 시에서 힘을 빼고 같이 어울리려고 노력하면 조금은 덜 힘들지 않을까 생각합니다.

시집의 시 중 「어처구니」가 좋은데 제가 알기로는 어처구니가 맷돌 자루라는 것이 잘못된 정보라고 알고 있어서 '어처구니는 맷돌 자루인데'란 구절을 삭제하는 것이 어떤가 조심스럽게 이야기해 봅니다.

아침저녁으로 기온이 내려가 조금 견딜 만한 여름이지만 건강 유의하시고 조각 세상 계속 쓰시길 기원합니다.

2021. 8. 22

이낙붕 올림

고종목 시인님께

『섬마령의 바람둥지』

귀한 시집을 보내주셔서 고맙습니다.

삶 자체가 진솔하면 시 역시 영원할 수 있다고 생각합니다.

나름대로 열심히 살고 있지만 성실도가 더욱 중요하다고 알고 삽
니다.

공부하는 마음으로 곁에 두고 읽겠습니다.

건강하시고 평안하시길 기원합니다.

1997년 3월 29일 이충이 드림

고종목 선생님!

귀한 시집 『시, 後』와 『긴급 수배자 조각보 몽타주』 잘 받았습니다.

언제나 느끼는 일이지만, 조각보 바느질이라는 삶의 현장에서 건져 올리는 시와 조각보의 예술을 이렇게 훌륭하게 승화시키는 선생님의 예술적 노력과 능력에 감탄합니다.

「안드로메다 시즌」에서 '내 핏속에 / 조각을 닮은 별의 유전자가 흐르고 있기 때문이다'라고 선생님이 노래하였듯이 정말 그런 것 같습니다. 그래도 저는 알지요. 그 모두가 선생님의 핏자국 어린 끝없는 노력에서 나오는 핏방울이라는 것을요. 선생님의 시처럼 우리들 모두가 하나의 조각이지요.

그러한 조각들을 무수한 이미지와 객관적 상관물로 치환해 내는 의미 깊은 작품들에 감동합니다. 두고두고 음미하며 많이 배우겠습니다.

건강 잘 챙기셔서 더욱 좋은 작품 많이 낳으시기를 기원합니다.

2021. 9.22. 이혜선 드림

향기로운 잔치

 - 고종목 선생의 시지 출판과 회갑에 부쳐

진부령 넘어
성마령 넘어
우리들의 가장 후미진 언덕에
메밀보다 가난한 가문이 없었어라

배고프면 바람 뜯고
헛헛하면 하늘 아래
그럭그럭 육십 년을 고개 숙여 버렸어라
휘어진 한마지기 땅뙈기도 없는 판에
무슨 신명을 그리도 많이 잡혀
바늘 끝에 찔려오는 아픔도 가락이라
오늘 이 자리
당신의 잔칫상에 둘러앉을 식구들
두 손 모아 바라느니 향기롭게 사소서

성마령을 넘불던 바람마저도
떼거리로 몰려와서 북장단 고르느니
당신의 신명을 접시 가득 나누소서.

                              - 장인성

96

장맛비가 실, 실, 실 내리는 일요일입니다.

안녕하시지요 선생님

저는 포항에 사는 최빈입니다.

그야말로 바늘로 한 땀 한 땀 수놓은 듯 고운

선생님의 시집을 받고, 그 시집을 무슨 사전처럼

책상위에 두고는 앉을 때 일어날 때 눈 맞추다 펼쳐 보기를

오래, 선생님의 고운 삶이 더욱더 궁금해졌습니다.

포항에는 어제부터 장마가 시작되었고 어제는 바람이,

지금은 비가 조금씩 오고 있습니다.

저희 집은 바다가 보이는 즈음에 자리 잡고 있는데

이렇게 비 내리는 바다를 선생님께서 보신다면

어떤 빛깔의 천을 골라 바느질하실까, 문득

궁금해지기도 합니다.

선생님

잠은 잘, 식사는 잘, 배설은 잘 되시지요?

늘 평안하시길 기원하겠습니다.

시집 오래 오래 감사히 잘 간직하겠습니다.

— 최빈 드림

존경하는 고종목 선생님께 올립니다.

선생님! 그동안 안녕하셨는지요?

동방문학 문학기행에서 멋있고 화끈하고 점 많은, 좋으신 분들과 함께 잊을 수 없는 즐거운 추억을 만들어 정말 기쁩니다. 특히 고종목 선생님을 만나 뵙고 선생님의 속(?)을 조금이나마 알고 존경하며 좋아하게 된 것은 저로서는 잊혀지지 않을 영광입니다. 선생님! 지금은 코스모스를 비롯한 가을 단풍을 느끼게 하는 계절입니다.

무릎 사이 굽이치는 푸른 세월
익모초 풀 대궁에 손톱 날 문지르면
바람의 뽀얀 속살 만져질까
눈먼 달에 호롱불 둘러
앞세우고 뒤세우고
무릎 사이 굽이치는 푸른 세월
복 싸러비질 쓸어 담듯 쓸어 담으면
저 혼자 깊어지는 가슴 속의
그리움 몇 모금 보여질까?

선생님께서 정선 여량 아우라지 강변에서 손수 주신 선생님의 귀한 시집 『곤드레 아라리』 읽고 큰 감동 받았습니다. 정과 한과 그리고 멋과 맛과 흥이 한데 어우러진 넋이 뚝 삭은 가락 정말이지 평생 잊을 수 없는 큰 선물이었습니다. 계속 곁에 두고 정독하겠습니다. 항상 건강하시고 다행·다복하셔서 뜻하신 모든 일 이루시고,

인연이 된다면 한번 모시고 산채박주라도 대접해 올리겠습니다. 우선 두서없이 감사의 글, 난필 혜처하여 주시기를 소망하면서 이만 줄이겠습니다.

안녕히 계십시오.

서기 1999년 9월 4일 삼척에서

朴鍾和 拜上

선생님, 안녕하세요.

시집 『조각놀이』, 『바늘의 언어』 그리고 조각보 이야기를 담은 『조각놀이 이야기』 등 귀한 책을 보내주셔서 잘 받았습니다. 고맙습니다. 조각보는 제가 잘 모르는 분야라서 상당히 흥미롭습니다. 시집과 함께 제 책상머리에 두고 차분히 살펴보며 차곡차곡 읽고 공부하겠습니다. 감사합니다. 더욱 건강하시고 새해 만사형통하시기를 빕니다.

— 배한봉 올림

고종목 선생님께

보내주신 시집 잘 받았습니다. 고맙습니다. 가장 최근에 출간하신 시집부터 읽었습니다. 긴급 수배자 조각보 몽타주, 안부, 흰머리 소년, 지느러미 조각, 유명하지 않은 유명한 詩, 한 조각, 내 詩 독자, 조각보자기 등 매우 유니크한 내용의 새로움이 있었습니다. 조각 보자기가 정작 언어로 표현된 詩보다 더 시가 아닐까, 하는 생각이 들기도 했습니다. 『시, 後』와 『감사 바이러스』도 꼼꼼히 읽겠습니다.

아직 오남구 선생님이 살아계신다면 매우 기뻐하셨으리라 생각됩니다. 늦었지만 축하드립니다. 하이퍼시, 접사…

오혜정 시인의 해설도 잘 읽었습니다. 설날이 곧 다가오는데, 새해 더욱 건강하시고 행운이 함께하시길 기원합니다.

2022. 1. 22.

정숙자 드림

선생님 어수선한 시절 잘 보내고 계시지요?

보내주신 시집 『똥타주』와 산문집 『감사 바이러스』 잘 받았습니다. 귀한 책 두 권을 함께 엮으신 것을 진심으로 축하드립니다. 잘 읽고 많은 것을 느끼는 한편 마음 깊이 새기도록 할게요. 건강 잘 챙기시고 문학과 더불어 늘 행복한 순간 속에 서 계시길 빌어드리겠습니다. 오늘 하루도 즐겁게 건너시길~ 꾸벅~

— 박완호 드림

시인님,

방금 집에 들어오니 정성껏 포장된 우편물이 기다리고 있더군요. 그 안에 예쁘게 들어 있는 시집들, 그리고 예술적으로 꾸며주신 속 표지, 쪽지. 그 또한 예술작품입니다. 시인님의 따스한 숨이 느껴져서, 들고 놓을 때마다 조심스러울 정도입니다. 감사히, 소중히, 잘 읽고 보관하겠습니다.

시낭송공연예술가 축복 오수민 드림

평창에서 개최되는 고종옥 선생님의 뜻깊은 전시회를 축하드립니다~^^

송파문협의 자랑, 세계인의 축제에 한국예술의 혼을 보이는 자리, 모두의 기쁨입니다.

축복 오수민

너를 훔친다.

나를 도둑맞는다. 여기저기 있다가 잠깐 멈추어 문자 드립니다.
나를 도둑맞는 일이 이젠 이상하지도 않을 세상에 살고 있음을 뗀데
믹시대를 통해서 더 확연하게 느낍니다. 내가 줄줄 새어나가고 있
다는 느낌… 선생님 좋은 시집 보내주셔서 감사합니다. 여유로운
시간 찾아서 깊이 음미하며 읽어보겠습니다. 늘 건강하시고 좋은
날들만 있으시길요.

최영랑 올림

고종목 선생님, 훌륭한 시집 보내주시어 감사드립니다.

같은 자리에서 뵐 때가 여러 번 있었지만 제대로 대화도 나누지 못했습니다. 유념하시어 제게 보내주신 『바늘구멍』을 긴장하며, 흥미 있게, 새로움을 체험하며 잘 읽고 있습니다. 잘 읽혔습니다. 재미있었습니다. 새로운 면을 봅니다.

저도 제 시집을 드리고 싶었는데 어쩔까 해서 미루고 있습니다. 선생님의 작품으로 공부 많이 합니다.

새해 건강하시고 건필하시기 빕니다. 감사합니다.

2006. 1. 17 이 솔 올림

그리움을 깁다

황 정 산

(시인, 문학평론가)

1. 들어가며

고종목 시인은 평생 조각보를 만들어 온 사람이다. 조각난 천들을 이어 붙여 아름다운 조각보를 만드는 작업은 그의 생업이고 예술이고 철학이기도 하다. 조각보를 통해 그는 세상을 만나고 새로운 세계를 꿈꾼다. 고종목 시인에게 시 쓰기도 이 조각보 만들기와 다르지 않다. 언어라는 실을 통해 그는 한 땀 한 땀 잘리고 찢어지고 흩어져 있는 우리의 삶을 꿰맨다. 그래서 사람과 사람을 이어가고 분열된 언어를 소통의 언어로 바꾼다. 그의 시가 기교와 꾸밈이 없는 소박한 언어로 쓰여 있지만, 우리에게 감동과 영감을 주는 것은 바로 이 때문이다. 그의 시 세계에 좀 더 다가가 보도록 하자.

2. 그리움의 정체

고종목 시인의 시에서 가장 두드러진 정조는 그리움이다. 그의 시의 언어는 눈에 보이는 사물을 그리고 있지만 사물 자체가 중요한 것이 아니라 시인은 그것을 통해 내면에서 우러나오고 있는 절절한 그리움을 표현한다. 그리워하는 감정은 그리워하는 대상이 부재하기에 생겨난다. 그의 시에는 그가 그리워하는 즉, 부재하는 것들로 꽉 차 있다. 부재로 충만한 이 아이러니함이 그의 시에 드러난 그리움의 정체이기도 하다. 다음 시에서 시인은 그것을 "조각의 고독한 그리움"이라고 표현하고 있다.

조각에 지느러미를 단다

지느러미는 조각의 고독한 그리움이다

날개를 달고 마음껏 헤엄쳐

먼 하늘을 가르고 나아가

지느러미의 시원에 닿고 싶은 꿈을 낚는 것

조각은 그 꿈을 조각보에 꼭꼭 싸 감추고 싶지만

숨소리까지 숨길 수 없어 파도와 싸운다

그 두려움을 노래해도 고독을 지울 수가 없다

섬 조각은 기다림에 지치고 젖어

철썩 - 처어얼썩 —

지느러미가 빈 섬을 노래한다

—「지느러미 조각」 전문

시인은 자신이 조각보의 한 조각이라고 생각한다. 아니 시인 자신만이 아니라 모든 존재들은 서로 떨어져 있는 그러나 합쳐지기를 꿈꾸는 조각인지도 모른다. 그렇기 때문에 모든 존재들은 근원적인 이 고독감을 피할 수 없다. 그 피할 수 없는 고독감을 시인은 "숨소리까지 숨길 수 없어 파도와 싸운다 / 그 두려움을 노래해도 고독을 지울 수가 없다"고 노래하고 있다. 우리는 매일 매일을 파도와 싸우듯이 세파를 헤쳐나가는 고행을 하고 있다. 사는 것 자체가 자신과 가족의 생계를 영위하기 위한 투쟁이라고 해도 과언은 아니다. 이 삶의 고행에 아무리 매진해도 또 그 속에서 고통의 신음을 내더라도 우리가 생래적으로 가지고 있는 고독감은 피할 수 없다고 시인은 생각하고 있다. 이렇듯 조각난 우리 모두는 각자가 애초에 분리와 부재를 타고난 존재이다. 그러므로 그를 채우고 있는 것은 고독한 그리움이다. 고종목 시인은 이 고독한 존재에 '지느러미'를 달고 또 다른 존재에 다가가기를 꿈꾸고 있다. 이 지느러미는 바로 "빈 섬을 노래하는" 즉 고독을 넘어서고자 하는 시 쓰기이며 또한 고독한 조각들을 이어 붙이는 공든 바늘땀이 아닐까 생각해 본다.

조각은 작은 우주이다
세상에 단 하나뿐인 조각
나의 생을 걸고 좇고 있는 조각
그 조각은 세상이 말하는 사랑이다
나누면 나눌수록 온도를 높인다

어제의 조각이 오늘의 나를 만든다

오늘의 조각이 내일의 나를 만든다

조각은 열정과 긴장의 칼날이기도 하다

나를 기쁘게도 하지만 울리기도 한다

나는 고종목 식으로 너는 조각보 식으로

눈물을 닦아 주는 손발로 다가가는 조각

진정 꼰대가 아닌 멘토로서

—「고종목 식, 조각보 식」 전문

시인은 조각을 사랑이라고 말하고 있다. 타인과 분리되어 고독한 존재이지만 항상 다른 조각과 연결되고자 하는 그리움을 간직한 존재이기에 그것은 사랑 그 자체라고 시인은 생각했을 것이다. 그리고 그런 사랑을 잃지 않기에 오늘에 나를 있게 만들고 내일의 나를 준비시킨다. 그래서 나에게 긴장과 열정을 갖게 해서 나를 살아 있는 존재로 만들어 준다. 고종목 시인은 이렇게 자신을 "조각"으로 인식하면서 자신의 조각을 또 다른 조각으로 이어가려는 노력을 통해 우리의 삶을 더 따뜻하게 만들 수 있다고 믿고 있다. 그럴 때 나라는 존재는 "꼰대가 아닌 멘토"가 된다.

그러한 노력을 시인은 다음과 같이 좀 더 감각적으로 표현하고 있다.

바늘에 경고등이 깜박거린다

위기 때엔 버릇처럼 손에 바늘을 쥔다 긴장된 더듬이 끝으로
조각보의 혈관을 찔러 긴급 처방으로 벽을 날아오를 푸른 날개를
단다 벽 속에 갇힌 물고기 눈 새가슴 꽃의 심장 떨림을 잡으려 손
에 신경줄 꼬아 바늘에 샅바를 건다 샅바 끈 바짝 틀어잡고 불끈
힘을 준다 다리걸기 들배지기로 씨름을 한다 벽 밖은 조류독감
걸린 닭오리 DNA가 무너지고 벽 속은 시의 DNA를

ㅆㅏㅎㄱㅗㅎㅓ ㅁㅜㄴㄷㅏ
또 하나 마음의 벽 ⬆⬆⬆ 날아오른다

—「DNA」전문

　천 조각들을 이어 붙여 그것으로 그림을 만들고 하나의 작품
을 완성해 가는 과정이 비유를 통해 실감나게 그려지고 있다.
시인은 그것을 마음의 벽을 쌓고 허무는 과정으로 설명한다.
그런데 그것을 낱글자로 풀어서 씀으로써 해체와 연결의 과정
을 좀 더 시각화하고 있다. 그것은 조각보의 혈관을 찌르는 긴
급처방이기도 하고 붙들고 싶은 존재와 샅바싸움을 하는 팽팽
한 긴장의 과정을 거쳐서 가능한 것이기도 하다. 아무튼 시인
은 이런 과정을 통해 단단한 단절의 벽 속에 새로운 시의 DNA
를 심을 수 있다고 생각한다. 그럴 때 마음의 벽은 위로 열리고
고독한 우리는 또 다른 고독한 존재와 연결되어 고독을 견딜
수 있는 것으로 바꿀 수 있게 된다. 고종목 시인에게 그것은 언
어와 언어를 연결하는 시 쓰기이기도 하고, 조각과 조각을 이
어 붙이는 조각보 만들기 작업이기도 하다.

하지만 이런 노력이 쉽게 성공하는 것은 아니다.

> 바느질로 쓴 역사를 펼친다
>
> 낯익은 글씨 낯익은 얼굴 낯선 얼굴
>
> 막상 조각을 이어 붙이고 나서는 실망이다
>
> 한 조각도 읽지 못한다
>
> 땀방울 조각 눈물 조각 고달픈 조각
>
> 눈앞을 가로막고 있기 때문이다
>
> 이미 다 읽은 얼굴
>
> 본 듯 못 본 듯 낯선 얼굴이
>
> 나보다 먼저 들어와 있다
>
> 한평생 밤낮으로 찾아 헤맨
>
> 우는 것 같기도 웃는 것 같기도 성난 것 같기도
>
> 반백머리에 바보라고 이마에 새겨진
>
> 초라한 그 모습이 바로 내 얼굴이라니?
>
> ―「얼굴」 전문

바느질을 통한 조각보 만들기도 언어를 기워 만든 시 쓰기도 시인에게는 다 흡족하지 않다. 눈물과 땀으로 점철된 노력과 고뇌가 그 안에 배어 있지만 그것을 다시 꺼내 볼 때는 항상 실망을 안겨 줄 뿐이다. 자기가 꿈꾸는 경지에는 터무니 없이 부족하기 때문이다. 그리고 그 부족한 작업 속에 비친 초라한 자신의 모습을 들여다보며 한탄하고 있다. 정작 자신이 이루고자 하는 것에는 다다르지 못했는데 이미 늙어가고 있는 아둔한 자신만을 확인하게 된 것이다. 하지만 그 조각에는 자신이 삶에서 느낀 모든 희로애락이 그대로 다 새겨져 있다. 그것이 비록 꿈꾸던 성공을 보여주지는 못하지만, 고스란히 자신의 기록이고 역사임을 시인은 소중하게 생각하고 있다.

> 바늘과 실로 촘촘히 얽어맨 날들
> 겉모습 꾸밈이 다인 줄 알았다
> 사는 일이 조여 오면 풀고
> 느슨하면 다시 조여 주는 손놀림
> 마음 가닿는 대로 죽이 맞을 무렵
> 콧대 높이 세우기도 하였지
> 겉 바느질 속 바느질로
> 드러난 수치는 가릴 수 있었지만
> 손톱 밑에 박힌 익명의 가시 뽑을 수 없다니
> 벌거숭이 바늘로 바늘로 죄의 손을 읽는다
>
> ―「죄의 손」 전문

시인은 다소 신랄하게 자신을 반성하고 있다. 자신이 쓴 시, 자신이 해 온 바느질이 정말 세상을 이어 붙이는 사랑의 행위가 되었는가를 돌아보고 있다. 거기에 미치지 못하고 다만 한때의 성공과 겉모습에 치중하는 부실한 것이었고 그것밖에 만들어 내지 못한 자신의 손이 결국의 "죄의 손"이었다고 반성하고 있다. 조각난 세상을 연결하는 것은 자신의 욕심을 채우는 느끼한 욕망이 아니라 자신의 손가락에서 가시를 뽑는 양심의

성찰이 필요하다는 것이다.

다음 시는 좀 더 가혹한 어조로 자신의 무능을 돌아보고 있다.

바늘 손놀림을 받아쓴다

비틀고 쥐어짜 내 건조한 시

뻔뻔스러운 시 수줍어 얼굴 빨간 시

캐릭터가 없는 시

크고 작은 색들의 조각을 이은 그림의 조각보 시

새처럼 날아든 시집의 담장

새가 답만 똑 따먹고 날아가

불러도 불러 보아도 대답 없는 시

기억 속에서 까맣게 잊혀져 가는 슬프디슬픈 시

그저 그렇고 그런 잡동사니

유서처럼 쓴 시

실존을 확인하는 도정에서 낙태되는 시

늘 아쉬움을 남기고

미완으로 남는

바느질을 쓰고 그림을 바느질한다

—「잡동사니」 전문

조각이 된 천들이 서로 연결되어 하나의 작품으로 완성되지 못하면 그것은 "잡동사니"에 불과하게 된다. 시인은 자신의 시가 그런 잡동사니로 취급받고 있지 않을까 염려하고 있다. 손놀림을 받아쓰고 억지로 비틀고 짜내서 쓴 영혼이 없는 시나 캐릭터가 없어 자신의 정체성이 상실된 시를 시인은 경계하고 있다. 그것은 "불러보아도 대답 없는 시" 즉, 사람과 사람 사이를 소통시키지 못할 뿐 아니라 자신의 실존마저도 확인하지 못하는 시가 된다고 여기고 있다. 시인은 자신의 시가 그런 분절된 조각, 잡동사니가 되고 있음을 한탄하고 있다. 하지만 이러한 한탄이 단순한 자조로 끝나지 않기를 바라면서 시인은 다시 "바느질을 쓰고 그림을 바느질한다". 시를 쓰는 일이 곧 바느질처럼 소외되고 단절된 언어를 이어 붙이는 행위라고 시인은 믿고 있기 때문이다.

3. 그리움을 희망으로

우리는 부재 때문에 그리움을 갖게 된다. 하지만 그리움을 감상적으로 강조하여 부재를 메꿀 수 없는 것으로 상정하면 우리는 절망에 빠진다. 반대로 그 그리움을 초월적 가치로 대신해 위안을 삼으면 현실 도피적 정신 승리가 된다. 고종목 시인은 이와 다른 방식으로 그리움을 채워나간다. 그것을 그리움을 희망으로 바꾸는 방식이다. 우리는 고정 관념을 쉽게 벗어나지 못한다. 그것 때문에 특정인을 미워하고 세상에 분열과 증오를 만들어 낸다. 고종목 시인은 이러한 고정 관념을 벗어나 과감하게 바꾸어 나가기를 종용한다. 바꾸어 생각할 때 거기에 희망이 보인다는 것이다.

그래, 바꿔 보는 거야
바다를 육지로, 꽃은 나비, 나비는 꽃으로

브래지어는 그 남자의 빈약한 가슴에
매일 면도하기 귀찮은 수염은 그녀의 턱에
매달 잊지 않고 생리대를 들고 찾아오는 손님
프러포즈하는 그 남자에게 선물로
까짓거 성전환 수술로 확 바꾸는 거야

당기는 파트너와 한 서너 달쯤
기쁨도 슬픔도 함께 느껴 보는 거야
고통까지도 감싸 안을 마음 굳게 서면
골인하고 아니다 싶으면?

처음 대면하던 때처럼 친구도 애인도 아닌
'너' '나' 모르는 남처럼 씩 — 웃어요.

한 번쯤 바꿔 보지 않을래요?

—「한 번쯤 바꿔 봐」전문

　바꾼다는 것은 관계를 새롭게 맺는 것이다. 남자에게 브래지어를 여자에게 수염을 갖다 붙이는 것은 단순한 장난스러운 상상이 아니라 우리의 정체성에 대한 근본적인 문제를 제기하는 일이다. 내가 이제까지의 내가 아닌 다른 내가 되어보는 것은 나에게 강요된 벽을 부수는 행위이고 서로 조각나 있는 존재들을 서로 연결해 보는 일이기도 하다. 이렇게 한 번쯤 바꾸어 뒤집어 생각하는 일은 좁은 나를 벗어나 타자에게 다가가는 한 발짝이 될 수 있다는 것이다.

시인은 바로 그 한 발짝이 열어가는 길을 다음과 같이 노래하고 있다.

바늘이 길을 열어 간다
------- 침선으로 길닦이한다
곧은길 구부러진 길 오르막길 내리막길
점으로 시작한 길 속에 수많은 길
봄이 오는 길목마다 꽃길이다
노란 개나리꽃 길 따라
영동고속도로를 달리는 노란 관광버스
쪽빛 동해바다에 한 점 섬으로 떠 있다
노란 봄비가 사선으로 내린다
바늘이 노란 봄나들이 길을 열어 간다

　　　　　　　　　　　　　　　—「바늘이 길을 연다」 전문

바늘은 한 조각과 한 조각을 이어 붙이는 중요한 도구이다. 그것은 조각보를 이어가는 바느질 도구로서의 바늘 자체이기도 하지만 또 한편으로는 사람과 사람 사이를 이어주는 말이기도 하다. 고종목 시인은 평생 바늘을 통해 조각난 천을 이어 새로운 세상을 만들어 냈고 또한 바늘땀같이 언어를 기워 아름다운 시를 써왔다. 시인은 이런 자신의 노력이 새로운 길을 열어 간다고 믿고 있다. 그리고 그것은 사실이기도 하다. 그가 만든 수많은 조각보 작품들은 우리를 따뜻한 봄날 봄나들이 같은 기쁨과 아름다움의 세계로 데려다 줄 뿐 아니라 그가 쓴 많은 시들 역시 우리에게 사람에 대한 그리움을 잃지 않는 사랑의 마음을 일깨워 준다는 점이 이를 잘 말해준다.

그 과정의 아름다움과 희망을 시인은 다음과 같이 간결하게 표현하고 있다.

일곱 빛깔 무지개를 실로 풀어

바늘구멍에 건다

한 땀 한 땀 수놓아 무늬를 짠다

새들은 날개를 적셔다 꽃눈 잎눈에 뿌린다

봄바람은 울긋불긋 대지를 꾸민다

세상은 모두 이웃사촌으로 정겹다

시인은, 한 땀 한 땀 바느질을 쓰고

정성을 다한 솜씨로 그림을 바느질한다

—「시인은?」

시인이 꿈꾸는 것은 아름다움과 사랑의 세계이다. 고종목 시인은 바로 그런 세상을 만들기 위해 바느질을 해왔다. 바느질로 수놓아진 세계에서는 아름다움과 따뜻함이 있고 사람들 간에는 정겨움이 느껴진다. 시 쓰기도 이와 다르지 않을 것이다. 그런데 시인은 "시인은?"이라고 제목에 물음표를 달았다. 아직

은 시 쓰기로 그러한 경지에 이르지 못했다는 시인의 겸손의
표현이다.

하지만 결국은 자신의 노력이 세상을 바꿀 수 있다는 희망을
포기하지 않는다.

처음 만든 조각보를 펼쳐 놓고
시 한 편을 쓰고 한숨이 터졌다
고개를 *끄덕끄덕*하다가
아기처럼 도리질을 한다
후회하는가? 아니 아니
그렇다면 변명하는 것인가?
아니아니 비비비 非非非
변명 아닌 변명이라고 자위한다
가로, 세로, 곡선 찢기고 끊긴
선과 선의 만남에 색동 마음을 입혔다
후회도 변명도 아닌 비비비 斐斐斐
조각 세상을 리셋한다

— 「리셋한다」 전문

조각보가 "지구를 리셋한다"는 것은 조각보 만들기가 새로
운 세상을 만들어 가는 희망의 길임을 말하는 것이다. 지구가
파괴되는 것은 모든 생명들이 생태적 연관성을 상실하게 될 때
일어나게 되는 일이다. 다시 말해 서로가 조각나는 것이다. 조
각보를 만드는 일은 이 모든 생명들을 연결하는 일이다. 그래

서 파괴된 지구를 새롭게 다시 건설하는 일이다. 시인은 서로 조각나 고립되어 죽어가는 생명들을 연결하여 그들이 다시 새로운 생명력으로 부활하기를 바라고 있다. 그의 조각보 만들기와 시 쓰기는 바로 이런 작업의 일환이라고 우리는 믿는다.

4. 맺으며

고종목 시인의 시들은 그가 만든 조각보와 크게 다르지 않다. 그의 시어들은 조각난 단어들을 기워 새로운 의미를 만들어 낸다. 그것을 통해 고독한 존재의 그리움을 채워주고 세상에 쓸모없이 버려진 존재들을 위로해 준다. 나도 누군가와 연결되어 아름다운 세상의 한 조각이 될 수 있다는 희망을 버리지 않게 해 준다. 그의 소박한 시어들이 가진 힘은 바로 여기에서 나온다.

시인은 그런 자신의 시적 성취를 한 조각을 이루었다고 정리하고 있다.

세모 네모 동그라미 다각 속에서

그의 영혼이 걸어 나왔다

조각 하나에 온 산이 가을빛이다

한 조각 이루었다

―「한 조각 이루었다」 부분

조각을 이어 붙인 다각형 속에서 그 자신이 한 조각을 이루었다는 이 겸손과 상생의 정신이 그의 시의 중요한 바탕이

다. 이 정신으로 그는 그리움을 엮어 이 아름다운 시집을 기
워냈다.